U0906327

如意

王蒙

黄嘉玲 著

西北大学出版社
·西安·

图书在版编目（CIP）数据

如意 / 黄嘉玲著.--西安：西北大学出版社，
2021.1
ISBN 978-7-5604-4693-6

Ⅰ.①如… Ⅱ.①黄… Ⅲ.①诗集—中国—当代
Ⅳ.①I227

中国版本图书馆CIP数据核字（2021）第014991号

如意 RU YI

作　者	黄嘉玲
出版发行	西北大学出版社
地　址	西安市太白北路229号
邮　编	710069
电　话	029-88302589
经　销	全国新华书店
印　装	陕西博文印务有限责任公司
开　本	787mm × 1092mm　1/16
印　张	21
字　数	150千字
版　次	2021年1月第1版　2021年1月第1次印刷
书　号	ISBN 978-7-5604-4693-6
定　价	99.00元

本版图书如有印装质量问题，请拨打电话029-88302966予以调换。

作者简介

黄嘉玲，笔名了了。中国诗歌学会会员，新疆维吾尔自治区作家协会会员，陕西省作家协会会员，陕西师范大学长安笔会中心驻会青年作家。近年来先后出版个人诗歌集《了了心语》《了无痕》。个性崇尚自由，热爱自然，醉心独白，怡然自乐。

目　录

第一辑　阳光下的尘埃

第二辑　来去无痕

第三辑　木棉花开

第四辑　眼睫上的孔雀

第五辑 古韵新风

心流潺潺　恰似清泉

闻风而动　微波随缘

第一辑　阳光下的尘埃

圆满

本就是完美的缺憾

云　朵

爱是天上的云朵
让人难以触摸

听见谁说过
花草都能理解它的寂寞

惹人艳羡的自由呵
等着它化身为雨朝下坠落

洞　见

无声的哀叹
也许只会被天眼所洞见

相逢不会无期
但此刻我和它们同样忧伤而悲切

被剥离的痛
远不止除我之外的生命

生态失衡
谁还会侧重关爱这荒谬的感情

待思念淤积成狂风和暴雪
在体内呼啸肆虐

还有谁
能够秉持遵循道法自然

谁还顾得上思念这种病
任由它像疫情那样蔓延扩散

没有美丽的谎言
反正也不会真的肝肠寸断

不必告慰所思所恋
如此草草做个追梦圆梦的完结

对宿命的迎合

谁用水一样的温柔
呵护着严酷的现实生活

故作冷漠的人
最怕激动的心一下子坠入冰河

依旧会伸手触摸
触摸眼前和天边绵软的云朵

在情感的圆里兜转了几圈
无不应证了宿命一说

除了陷入深深自责
谁又拧紧了那把腐朽的枷锁

今夜就让这一团炽烈的火
将灵魂和肉体一同放在道德架上炙烤

殇

天地一片苍茫
为何忽然会这样

我们究竟
为了谁被谁伤

看到逆行者负重的背影
闪耀着怎样的一种生死荣光

庚子年
岿然不动的人们

莫不是要蛰伏起来
进行某种较量

只是不知大家是否和我一样
是否也不忍如此观望正在上演的悲壮

令人心安的落寞

混沌和清明的日子
无不悲欣地交织着

好似没有遗憾
又怎能不留遗憾

情人节刚过
依旧逃不出自恋自省自责

好像只有将自己置身于落寞
才有助于求得一丝丝心安理得

困　惑

有那么一阵子
我好像明白点了什么
可转瞬间又会感到困顿迷惑

也曾无数遍告诉自己说
这世上的挫折与自身的福泽
同样少也同样多

悲苦与喜乐之间
除了相生相克
还有些妙不可言的什么

比如赤裸裸的我
白天黑夜扮演着哪种角色
背负着道德将禁忌冲破

可谁又真正理解并懂得

交织在一起的羞耻与快乐
使觉知演变为深深的不安和自责

睡着了的正义
请忽略我的邪恶
爱本身应该还是包罗万象的集大成者

戏　弄

时光总是匆匆
幸福的错觉恍然若梦
每一个深夜里
无不期盼有人来相拥
以为冷会消减疼
便将自己放逐在雨中
不曾想
落寞的感觉竟然越来越浓重
不需要宠的情感需要懂
明知天意难违
却也阻挡不了决绝后的再相逢
奈何你我挣扎于苦痛
可遇不可求的缘分还是将世事戏弄

无憾有缺

平凡的今天
除了梦最美的是不是飘舞着的雪

我不知道这世界
还有没有一丝更温暖的察觉

毕竟同昨天还没来得及道谢
至少得用深情去吻别

可眼看着冬月要走了我也要走了
或许再也不必多想谁会记得谁容颜

付出的真心像雪花儿般冰清
走过的路莫非只能这样有缺无憾

铭记和忘却有时也不由你我
如此载着许多梦期待与明天与前缘再遇见

信的力量

别再慨叹世态炎凉
用心去想
会发觉是我们欲念太强
允许我偶尔悲观
但从未绝望
我深信
无论多么微弱的存在
都会于某时绽放其独一无二的荣光

阳光下的尘埃

我把一箩筐的梦
一布袋的爱
全部抖落于外

不管是否会随风
任由它们纵情在山野
看　阳光下的尘埃多出彩

念

许多话一出口
便被风分散

所以你念我这件事
不要说出来

千万千万
我怕它会被吹得很远很远

一二三

仰望湛蓝天空
吹过缕缕风

我们的未来
应该不会只是幻妙梦

一起走过的日子
谁知竟会幸福成了两三种

隐 忍

一个人的时光
可以静如水

动了动念头
平和心将之抚顺

赤条条去面对纯粹
不娇柔的本真又怎会酿造负累

心与眼

我们的心底究竟都藏了什么
其实不必太过斟酌
也不必苛责
我们的眼睛已经用无声的语言
将骨子里铭刻的难掩之状
淡然描摹

宽容以解

有些记忆
若真能随风消散

或如云烟飘远
我想这都不失为一种浪漫

看落叶翩跹
安住素心不再痴缠

动听的语言似莲
何必再去妄议论断

悲欣交加的人生本来就平凡
美好故事的背后又有哪个不辛酸

红雪莲

肉体与灵魂
相互较量又相互依存

邪念闪现的瞬间
恐惧将心占满

幸存善缘
关键时刻能扭转

驾驭最原始的情感
是对人性最残酷的考验

褪去华丽与褴褛
赤脚踩上云端

红尘滚滚
虔诚被不被花事沾染

心里面酸涩在纠缠

到底还要不要做一朵天山红雪莲

用心听

关于秋色
你看到了几分萧索
还是觉得格外诱惑呢

依旧是这条路
谁也别妄自揣摩
用心听　飒飒的风声它怎么说

值得深思的

无论此刻
你在世界的哪个角落

是否和我一样都有点儿小困惑
虽然总的来说都还挺好的

说不清遗憾什么
也许因为听到的倾诉太多了

被信任的幸福感属于我
忧患意识也会不请自来

如何讲好中国故事
如何讲好新疆故事

哪一种方式更适合
是最值得我们深思的

树是你

时常将自己放逐
任性浪迹

虽然也都不是
什么了不起的大事情

我以为自由是如意
自在更为称心

呼吸薄荷般的清凉味道
才知深秋适宜浅语

你可知道
我早已把树当作你

听着风
轻轻偎依

有你的静谧之地

就可以拥抱从喧闹中跃出的自己

细水长流

原以为
美好的记忆
不可能轻易被风吹走
又怎么会在顷刻间化为乌有
我知道岁月它
不会刻意将什么挽留
也不曾把谁强求
只是细水长流的日子它
有意无意地让人在不知不觉中为之消瘦

爱的奉献

存在的万物啊
哪一个不是活在自己的梦里
努力成长
朝着阳光照耀的方向
诚然于天地间
也让别人将我们独特的味道尝一尝

余　味

袒露的思念在夜晚
才显得有些稠黏
于其中
含有几分清冽几分腥咸
余味里竟沁满了说不出的涩和酸

畅 想

举目四望
依旧是漫飞的梦想

无拘于天山南北
不碍抱负志向

京都的上空
是否也遍插着可以翱翔的翅膀

低迷情绪

美好的记忆
什么时候
能够不被加减
不被乘除
虽不苛求于心铭记
但至少也别被轻易抹去
喜欢在一起
为什么会不自主地生出道别离的低迷情绪

东　西

爱的城堡中
一砖一瓦都有敏感的神经

直到沉睡的心被柔软的梦叫醒
万般绚烂的竟是生硬的疼

感觉不再犹豫
发现了那个叫作性趣的

不是东西的东西
原来它可以做止痛药或镇静剂

不管将来会不会依赖痴迷
不顾蜜意的云海里住着毒雨

我相信寄予浓情的宠爱梦境里
所有东西都是好东西

惜顾着

沉溺于平凡的日子
算不算自甘堕落
这天赐的忧伤欢乐
哪一个由得了我们选择
不管怎么说
置身无需允诺的生活
惜顾着一切收获
还是得把它珍爱成末日那样过

气　场

气场这东西
真的是一种能量
那种说不出的光芒
仿佛能穿透所有物象
折射出人类无穷尽的思想

不再问

群山苍莽
钟灵毓秀

如此与未来
悠悠漫步走

不再问明天路
究竟有没有无尽的爱与哀愁

热心清凉

气流于指缝中穿梭
风是那样微弱

痒痒的感觉
也都从心头拂拭而过

畅想之后
我的这颗热心又清凉了几多

污浊澄澈

聪明是需要有天赋的
那么笨拙呢

如果善良大都出于选择
那请想想我们的本能呢

一枝独秀的人儿
怎么舍得借情绑架用义勒索

高尚的品格也可以像巫梦
是邪而不恶的

缘分驱散寂寞宠溺你我
又都是为何

污浊也有其美好
它懂得自己最独特的还是澄澈

放飞自我

儿童节
我祝大家快乐
也祝自己快乐

因为我觉得
我们的心里都还住着
一个纯真无邪的我

只不过越是长大顾虑就越多
或许还有许多人像我
连渴了饿了都不知该怎么表达了

想什么想干什么
答案受阻
多少有些迷惑

我不知这一切到底碍于什么

就是不愿意多说
那么无厘头这么无措

一边欲言又止一边还啰里吧嗦
好像真是不懂事儿的孩子一样
算了　就这样吧

弹一曲乐外之音
来享受这稀里糊涂的快乐
谁说这不是另一种放飞自我

点明不道破

不知为何
于众里
竟然开始喜欢沉默

有些事
就算看穿了
也不必非得点明道破

是的
就像有些话
只适合我们对着自己说

会说话的眼睛

面对敬慕之事物
若要深情表达
再或者表达深情
其实许多时候
无需太多的华丽言语
因为我的真心话
好像常常是用眼睛来说的

自以为

爱与慈悲
是相护依托
也是各自独立的

我以为
那些美好且具有可持续性的事物
大致也应都是如此相处的

佩奇一般的快乐

所有的过去在我心中
都可爱如你

嘟嘟嘴　哼哼唧唧
不快乐的记忆便能散去

能吃能睡不忧虑
简单便成了生活最朴素的意义

珍贵的卑微

想说的话
都被吹散在了风里

听那鸟语
才是不朽的金曲

回归何地去向何方
似乎都变得不那么重要

漫无目的
从来都是如此行进

乾坤大挪移
那是天地蓄谋的小事情

一介草木
无怨无悔之躯

有幸日月为媒

所有的卑微有朝一日都幻成了珍贵

甘心顺遂

任凭枯荣更迭于四季于轮回

自　娱

繁华落尽
便独处自娱

觅一份清静
不做别的

发呆回忆期许
或者细数足下沙砾

敬　爱

做诗事儿
固然令人骄傲自豪

但于天地万物间
会历经多少次意想不到

敬畏无形的存在
又怎敢生出一星半点儿的轻藐

再相逢

素心热切
任思絮溢满

念旧的人不想回忆
某些残留着锈迹的过去

憧憬至味清欢
偏偏又开始期待再相逢时的温暖

拥有失去

有些事
真的说不明白
跳进黄河也洗不净
因此失去
多少让人不甘心
或许也算不上失去
从不曾拥有
何来失去
可又明明感觉伤了情

物是人非

这才到二里半
就勾起我许多记忆

点点滴滴瞬间涌上心头
让人禁不住慨叹岁月

那时的我除了有病再无任何
好心人收留我在丰盈窝

我们之间
却被豆腐乳和林家铺子相隔

关键还是追求自由的人
怎么会被一时安逸所迷惑

那会儿也在平衡点上思索过
最后还是各走各的了

如今的鹿城是全新的

当年的人与事也早已不是从前了

输了的人赢了什么

棋子是什么
无知的人怎么会知道呢

黑白若非你我
又该着哪路仙哪路魔

进退之间
宛若知止者的踱步小酌

笑谈随棋子起落
围住寂寞也围住欢乐

不论志趣是否结果
赢了的人怎能晓得输了的人又赢了什么

每个人

生活本身已经卑微
何必再去贬损

理想本就高贵
标榜反使它臃赘

能够把持它们
相对平衡的这个人

我知道他不会是天使
也不会是魔鬼

不会渺小如粉尘
也不会强大成天神

追随被追随的这个那个人
不会就此将彼此荒废

谁是这个人
那个深沉不语的人又是谁

润物细无声的美
沁透了我的肉体和灵魂

不对日子糊弄的这个那个人
是耕耘并收获的每个人

患得患失

为什么走着走着
又不知所措了

时间是否也像我
会产生阶段性的不自主的困惑

我们到底在怀疑什么
或者只是我们都有点儿累了

空　寂

向茶与茶具学习
无论在一起
还是各奔东西
凝神静气不悲不喜
在空寂中度化容易休眠的自己

乱语些什么

寂静的夜里
谁在恣意绽放着

不再陷入愁绪
准允灵魂与肉体相慰藉

于理想现实间缓行
几分恬淡

谁性感谁不失温婉
谁铸就简而不凡

言语是否偏颇
无处不话恩威并重仁义之师可歌

爱与哀愁

如果说种麦子
能收获麦子　也能收获莠草
是否就不难理解付出真心
会收获爱　也自然会收获哀愁

貌离神合

穿过云层都是阳光
谁说不是呢
收获着思索着
灵魂深处
哪怕再晦暗阴冷的角落
也能被温暖触摸
气量与情怀
以这样貌离神合的姿态静水深流着

凹 凸

道德是块布
用它裹住凹凸

一边接受保护
一边也在体受着束缚

只是不知道
燃烧的心会不会偃旗息鼓

压抑起伏的情绪
自己将会如何与自己和睦相处

执　着

同心又同德
不能随便说说就算了
渴望的幸福生活
不是谁想得到就能得到的
一生之中有太多次选择
前半生的执着坚守　是否
才是对后半生最大的负责

独来独往

睡不醒的孩子
在梦里游荡

像风一般自由
能惹多少人向往

草原大海雪山荒漠
还有很多都壮丽着生活

美好大多时候没有什么两样
非议倒值得想象

怀揣冷热交替的心
随风狂放也随风忧伤

春意正浓
软语却不再芬芳

散布在空气中尘埃里的爱
或遗忘或珍藏

不懈追求着
依旧崇尚独来独往

心若不死
论它朝阳夕阳

逐梦人

三月春光
无处不芳菲

逐梦的人
挺身投进最西北

一曲游子吟
将花月佳期妥善贮存

闭着眼睛敞开心
让自己的灵魂真正回归

也只有在这美丽而多情的西域
才能教我爱得如此干脆如此出神

幻　灭

哪一种花草
无论她略显干瘪还是稍微肉感

始终喜欢始终迷恋
那种魅惑力甚是难掩

随风摇曳
她在四季轮回中汲取锦瑟华年

为其梳理芳容的日月
早就商榷好了

要一边当镜子一边做影子
谁知折射出的是

一个隐没在白天的健康的傻子
一个活泛在黑夜的正常的疯子

如此寒来暑往
凋零怒放再凋零再怒放

顺遂自然
顺势演就盛情难却

这不羁的生命啊
将善良与邪性矛盾糅合

她带刺有毒腥臊的香氛味儿
让多少垂涎者勇往

像辛勤的蜂蝶
当初的奉献者甘愿沦为贪婪者

一半做酿蜜的功臣
一半为采花的囚犯

她的可贵昭然
在出双入对中在孑然一身间

只是感觉这东西
它也不是什么东西

但感觉来袭
我仿佛和她合为一体

没有多大区别
都可以触碰到天际的空空如也

末了　我们的神魂归于大地
仿若唯有泥土可以

可以播种毕生的希望
也可以把彼此的轻贱和庄严埋葬

在崇高与不堪的时间段

我们在或残缺或完满中寂静幻灭

第二辑　来去无痕

馨香时刻

把肉体燃成火

让灵魂在星空下闪烁

与光同尘

一点记忆
装载了十分怀恋

定格的瞬间
是那回不去的昨天

世事变迁
谁曾试图谋换

愿与光同尘
终究顺从于岁月

不被忘却和抛却的
正和自己在幽幽的梦境中缠绵

舞动人生

有一份情
沉在了悠悠岁月里

我以为自己不会再开启
怕触碰到不了了之的事情

谁知久违的旋律
就这样从身体内部向外散溢

跟随指尖舞动不由自己
仿佛一下子就回到了我的少女时代

构筑过的搁置角落的那个梦
原来是要以特别的方式伴我一生

向阳而美

在四季里轮回
亦如大风吹散了浮尘

有谁不是在自己的世界
一边绽放一边枯萎

至于灵与肉
能彰显几分高贵几分卑微

不知时间是否能够消融
横亘在前世今生的某些误会

感觉懵懵懂懂
如今好像都以飘飞的姿态向阳而美

这一抹蓝

喜欢这一抹蓝
只是不知道
有多少人会像我
愿意相信这奇妙发现
天空也有其清晰的血管
这血管和我们的脉搏相连
它使天地人之间的关系更为密切亲切

叶子的风采

枝头还未坠落的黄叶
在苍翠中摇摆

我不知道它是不是充满无奈
不确定它有没有感到伤怀

临近生命末端
该气定神闲观自在

或者静待风雨来
无论怎样

归根到底的生命的存在
好像就已经展现了一次飘然傲世的风采

回　忆

回忆使你
打发了多少似箭光阴
故事里的你
是否也有过伤得不轻的经历
尽管就这样
我们最常想起的
还是那些挥之不去的苦难记忆

初春的嘱托

不负初春的嘱托
你我变幻着法子将欲壑看破

珍视之处
微风轻柔拂过

我期待着 不期而遇
期待救赎罪孽深重的你

仿若对上千年琉璃的期许
我想我愿意修习平和

那将会是怎样难得的明澈和润泽
如果诸佛都能够折射出人心的境廓

来去无痕

雪花飘飘很奇妙
像某种情感

能让整个世界都跟着一起舞蹈
其实它们最差也没有多糟糕

无一不是来去无痕
即便如此

从不曾忘掉痛失的味道
但没有什么可以阻止我对未知的热情拥抱

美丽村庄

无论将来会定居在哪儿
是结伴飞翔
或者独自流浪
即便被时光遗忘
西柳都是我
深深依恋念恋眷恋的地方

临危愿

眼看临近时限
忧烦愈加似火炽烈

无能为力的人啊
伫立在雨中

欲借天神之臂
将火浇灭

我的微弱躯体
显然挽不住狂澜

但灵魂向阳
依旧可以迎着风默许默念

一愿天下好人顺遂康安
二愿世间真情不变
三愿一愿二愿如梦圆

痴人爱做梦

当依恋的事与情
在不知不觉中成了曾经
百般滋味开始也越来越难以形容
好似神经本身会忧伤
心弦一碰就酸痛
不由得要怜惜故事里的痴人爱做梦

相随的苦乐

前一分钟发生过什么
下一秒当如何

这天地万物
谁又能将苦乐一语道破呢

娑婆世界几近静默
除了雪花儿扑簌簌往下飘落

思絮好似甘愿同它
为所钟爱的冰清所淹没

岁月的痕迹
总是会在不经意间

浮上眉眼
或者嵌入心窝

我那绮丽的梦啊

究竟该如何把这寂静的时光来雕刻

真面目

抱着积极乐观的心态
就能感受到不远处的辉煌

持有消极悲观的情绪
不难感觉到近在咫尺的绝望

用心尽力地过好每一天
尽管生活的真面目不是激昂是平常

率　真

天亮了
天也晴了

喜欢低吟浅唱
冥想幽思的人啊

被说不清的神秘力量
推着直前勇往

尘世本熙攘
又有哪个人过得不恓惶

谁不被繁杂充斥
练就包容沧桑的雅量

庆幸我有诗心荡漾
名利场也便不只是名利场

昨日未掩率真
明日依旧不藏坦荡

对于香远益清亭亭净植
是该由衷推崇和赞赏

就这样迎着清晨第一缕阳光
像追风少年那样奔跑在有梦的路上

路迢迢

翻过一座座山
越过一条条河

如何形容我们现在的生活
该不该唱首悲伤的歌

忽然什么都不愿说
只想保持着沉默

不再去思虑
那些琐碎的苦乐

体悟到了平静的喜悦
终不负这一路跋涉

黑暗也可以照亮世界

路不远
归途却漫漫
走进大秦岭深处
忽然分不出哪儿是青山
也辨不清哪里是蓝天
于没有星月的今晚
眼前的黑夜如深渊一般
枯萎了多少憧憬多少思恋
可真的不知为什么
却总有一种特别的感觉
那无底的黑暗仿若更能照亮我的全世界

毒酒良药

一切是非恩怨
是否皆起于缘又都止于缘

行迹无踪的情感
带有几分美妙几分玄幻

不知因果之间的那种纠缠
会使得多少有情人日夜熬煎

莫非要把秋水望断
可怎么还在不舍与眷恋中深陷

轮回里的故事或序或乱
又岂止一点缥缈所能预见和呈现

什么瘾戒不掉
什么人忘不了

从魂牵梦萦到大火焚烧
没有谁追究入了脏腑的是毒酒是良药

至于残存的那点儿可贵记忆
若真视它为至珍之宝

或许就该被永久封存并深埋了
如此用素心来瞻仰去礼拜又有什么不好

敬　慕

敬慕是一种奢侈的情感
从某种意义来讲
它建立在欣赏与被欣赏之上

敬慕里有比欣赏更亲昵的高级感
这种亲昵是度的完美体现
没有距离也没有逾越

敬慕更是一种升华了的境界
核心是懂与理解
或心领神会或嘘寒问暖

敬慕一个人或者被一个人敬慕
都应该是舒心悦心的体验
那是一种彼此给予对方的尊严感

敬慕这种情感

不分性别没有年龄受限
它属于高度认同的两个灵魂的相携相伴

这世间最美妙的情感
莫过于彼此敬慕
那是一种饱含着温情的相吸相惜的特别爱恋

秋夜月光

嘴角轻扬
不留一丝忧郁和感伤

尽管陪伴在身旁的依旧是
透过纱帘的窗外的月光

心甘情愿在静待中恣意遐想
只是秋夜好似真的有点儿漫长也有点儿冰凉

魔成佛

不管红尘再污浊
爱河都是令人憧憬的

可怎样的生活
才又使得澄澈的灵魂变邪恶

到底中了哪种魔
竟愿在转念间化身成佛

世间奥妙几多
诚请上苍恕我伤情地发现与探索

思　潮

新的一天　阳光很好
可不知怎么
再次陷入了低迷的思潮

然而这次我决定
无论对谁
都不会再多说什么

免得带有情绪的言语像火药
不小心中伤别人
也弄痛了自己

许多时候
我们总是寻求外界的理解与呵护
可怎么忘了外界也有它的难处和无助

把内在的情愫向外抛

这样的医治能有啥极佳疗效
我不知道该不该向命运求饶

时间依旧一分一秒
我们自己的那点儿小毛病
也不是谁的安慰都能解救得了

在我蓝色的梦里
去努力奔跑或者沉沉睡觉
我也尝试着启动属于自己的泰坦尼克号

当再次醒心睁眼道早安的时候
也许真的就不会故步自封庸人自扰
我想我的梦里除了吉星高照还有梦本身的美妙

各 异

世界有什么秘密
它的奥妙之处
是否融汇在了每一滴水里

生命有什么意义
它多彩的轨迹
是否既各异又如一

我把我的情志
根植于灵魂深处
到头来是否也只能取悦我自己

就是这样

人与自然的美
极其相像

情和景交融
无处不风光

生命勇敢坚强
心怀慈悲善良

万物之间的关系
是彼此成就彼此滋养

因缘际会的你我
是否会在一路相随中虔心守望

罪恶感

着了什么疯魔
感觉整颗心不断向下坠落
跌入深渊般

有没有人能告诉我
狂乱的夜晚有何特别的罪恶
没有星月的天空多寂寞

想法千奇百怪
可耻中含有几分羞涩
为何无所禁忌的背后竟是一个人的怯懦

梦

对于爱做梦的人来说
白天黑夜又有什么区别

梦可以实现
梦也可以只停留在梦里面

许多梦好似不由自己
许多梦想想都觉得壮美无比

你的梦里是否有一些忧虑哀怨
你的梦里是否也有意外的惊喜与缠绵

这个平凡的世界
也会因为斑斓的梦而不失非凡

有梦的日子
再沉寂的生活都不那么孤单

岁月不负流年
我所理解到的梦的内涵是爱是成全

用心将我们的梦构建
我们也好插着梦的翅膀飞向高远

一场梦圆或者留下什么缺憾
都将是生命旅程最最诗意的注解和咏叹

赞　誉

深爱这里的心
怎么却无法形容这一方天地

它到底有多美丽
它究竟有多神奇

它的清新魅力似乎无需修饰
好像任何一种修饰都会显得多余

从走近它的那刻起
我甚至开始忘记了我自己

几分陶醉几分窒息
十年了　也还是一点儿也说不清

葡萄绿

这一抹绿

让沉寂的心起了涟漪

这一抹绿

让怀揣梦想的人激流勇进

这一抹绿

让坚定的信念支撑自己稳稳前行

这一抹绿

也让我更加热烈地爱上苍茫辽远的戈壁

轻尘客

梵语妙音，道不尽梦里他说。
踏遍心之境，只见四下绿野，偶有灰色。
恩人于一隅偏寂处，垂首默声碎步踱。
不知怎的，沉睡心仿若顷刻被揉搓，
仿若来不及痛已空茫茫了。
惊觉意识似小河，于记忆丛林中流淌而过。
时代弄潮儿，可曾忧心家国？可曾载物不失厚德？
或做引车卖浆者，又有几多会被命为负重轻尘客。

蛇莓

据听说此物有毒
不知是真的么

如果那抹好看的颜色
充满了邪淫和罪恶

那么我们到底
在光天化日之下

该如何学习并增强辨析
难以抗拒的赤裸裸的诱惑

珍贵的此刻

见什么人
走哪条路
看怎样的风景
不论始末
感觉如何
除了自己做决定
或者去选择
其实更多的好像是随了机缘
生活中的奇妙之处
也好像正在于不全靠你我的珍惜把握
某些时候
这也带给我们遗憾或者困惑
上天有时是很会开玩笑的
它的那种特有的广阔和幽默恰如珍贵的此刻

多面镜

实在不忍嗔怪
这世界的多情和美丽
只好怨我们太贪心

无法抗拒的魅惑幻影
迷迷糊糊占据了整个梦境
恍若我们深陷于同一处漩涡里

眩晕又清醒的感觉
让我们成了彼此的多面无棱镜
在事态中透射出不可言说的黑暗与光明

不由自己

人们的相聚又别离
花儿的怒放再凋零
让人多了些期许
也让人平添了几分思虑
今夜的深圳湾风平浪静
只是不知还有什么人会像我
挡不住不合时宜的心潮迭起

柔　绵

这个新时代
许多进步
都在大力加速度
好像慢就意味着停滞不前
无关其他
也不谈唯恐
哪座城在缓缓地有机发展
因为不深不浅的缘
相惜渭南
我不确定用怎样的词汇形容它更妥帖
它没有肥硕的躯体和华丽的外衣
但是在我眼里
它健康且充满原生态的活力
我眷恋它的淳朴温暖
欣赏并崇敬的
是岁月刻在它骨子里的那种柔绵感

思 过

顷刻间的变数

是上天发出的严重警告还是轻微惩罚

道不明的意识在隐隐拷问着

除了默默地反省思过

还能做些什么

诚愿神明会对贪婪如我的人们从轻发落

兼　顾

一边守望明天
一边追忆过去
好像只有这样
才不负此刻这一点光阴
仿佛唯有如此
才最能证得当下的真实含义

夜的陪伴

天边的星月
它们都有一双含情的眼

将大千世界看遍
于古今痴缠

它们温暖着隆冬里的流溢顾盼
仿佛也赶走了万般孤单

谢谢它们让我在喧闹中了解
寂静才是对夜最好的陪伴

一个人窝着
莫非只是困倦无眠

煮一杯提神的黑咖啡
用心品尝特别的甘苦滋味

生活中的枷锁暂不去理会

不知你思念的是不是也是他乡的某个人

尘　沙

你是行空的天马
随着野性驰骋天涯

我骑着我那会飞的拖把
四处嬉戏玩耍

你酌一壶酒
我品三杯茶

凭谁钟意这片草
或者倾心那枝花

万象迟早要挥发
若是终将能幻化

那我甘愿
做一回神识清明的尘或沙

新举措

从何时起
知情识趣的人

竟抛下了伦理道德
去追求理想中的快意生活

卸掉沉重的枷锁
渴望坠入那条修筑许久的爱河

只是需要向上天借点什么
好来排解这内心深处的自我谴责

被什么绑住

记忆中
我是最快乐的孩子
从小疯长在乡下

等到后来
一天天长大
目所及处全是高楼大厦

不曾想如今
儿时的村庄小院落
成了我心中想回却怎么也回不去的梦

墨色

徘徊在昏黄的冬夜里
我不恨我自己
虽然我也抓不住所有的逝去

披星的你是否还在寻觅
是否偶遇了戴月的那个自己
你有没有觉得孤寂

在幽怨什么吗
欢喜心下起了连绵雨
它开始沉醉于我的墨色光明

夏是观察者

冬雨扑簌簌坠落
它和飞雪一样
仿佛都能勾走浪荡者的魂魄

雾是用来迷惑谁的
它在到处散布着
说奔走的风或许因为太寂寞

天空又在贪着些什么
假若明丽如春的思想知冷热
那么这世界怎么与万物平分秋色

喜欢这夜

令人心动的夜晚
充盈着酸甜味儿的思恋

这种静谧中富含轻盈的绿
还有淡远的蓝

只是记忆中的某些画面
时而枯萎干瘪时而异常丰满

我就是喜欢贪婪的深夜
它的美都倾泻在了天亮之前

梦之网

狂风暴雨掀起了大浪
尽管红色预警已经提前拉响
可依然无法将它阻挡
它的来势异常凶猛
神奇的力量
从四面汇聚八方
最大程度上在减免着死与伤
忍不住臆想
莫不是海天想用它的几近疯狂
来挑战我们的信仰
以此考验我们是否具足
坚定不移的爱和希望
稳住当下的立场
休想妄想
怎样被蛊惑才可能随豺为狼
我不知道
天将还准备借什么
来离析正义良善所构筑的梦之网

从污梦里苏醒

初秋的雨淅淅沥沥
下得日子越加清寂

将要凋零的叶子上
落满了大小不一的水滴

它们在窃窃私语
偎依在一起

保持不冷不热的关系
仿佛从不曾有过相聚分离

何时一起从污梦里苏醒
甩掉无尽的期许

从不曾舍弃
脚下这块泥土地

如此匆匆掠过的事情
怎样才能让人心生笑意

在不完美中赤诚相惜
何必质疑

生活从来裹藏不住什么秘密
它只是可爱顽皮加淘气

转瞬又化成了幻影
可惜邪性儿的事情还没酝酿几起

生命柔弱

柔弱的生命
就算识破
也不想戳穿那伙伪善者

我清晰地知道
还有一些不羁的可爱的生命
她们怒放着她们也逐渐枯萎了

欣赏者与被欣赏者
皆有福缘的遇见之托
且不论结局如何

感恩故事中的事故
感恩你我
我们都毫无保留地袒露了自我

黎香湖畔

繁星璀璨的夜空
点缀着一串美丽的梦

挡不住晨起的清风
将黎香湖水抚弄

碧波微漾的心
在天涯咫尺间竟添了几分浓重

无声的召唤

熟悉的内蒙蓝
发出了无声的召唤

终于还是
禁不住多伦诺尔的诱惑

我知道有许多人
都避不开本身对草原的垂涎

灵魂开始飞驰神往
尽管我已身处最中央

既然到了这个意想不到的地方
哪怕是头一遭

难免发生几起
始料不及的美好故事

果然就是要如此

任它这样真实这样奇妙

叶 子

下雨那天
叶子很快乐

它和前尘道别了
水滴功不可没

风儿多情
也将它抚摸

缤纷夏季
什么都是热烈的

墨绿色的诱惑
使脉络明晰成了伟大的思想者

边珍藏边释放

许多人许多事
不曾忘也不想忘
更不会说忘就能忘

关于离开
其实它只是动感的模样
相对于习以为常

意韵从不能被局限所囚禁
如山水如天地
在近与远在斥与吸中相偎依

日子如水
怎能让人不念恋
我念恋那风里雨里的过去

尽管往事已随风

可它依然在不急不缓中静静流淌

所有的过去什么不是一边被珍藏一边被释放

黑天鹅

依兰花儿说
痴心之人

莫问疆场汉子胯下的
宝马几匹良驹几多

血汗抛洒
驰骋于广袤辽阔

待千金散去
春宵还剩几刻

自由自在
悄知相思为几何

碧水乌泱
还一池静默中懂得快活的黑天鹅

沉　溺

憧憬未来
渴望见到不一样的你

追忆过去
也不想忘却曾经的自己

你有你的灿烂的意义
我也有自己光辉的背影

今天的我和明天的你很是相近
都沉溺在时光的深巷里

我们的青春挥霍不起
哪儿还能随便给别人去做慰藉

都在说着珍惜珍惜
可还没登上云雾天际

有人已在忧思顾虑

最美的好似一不小心只留给了往昔

乌鲁木齐的春意

暖意几许
巧遇三月雨
多么难得的一季
往年这个时候还飘着雪
皮袄棉衣都还未被完全褪去
我也在纳闷儿
戊戌年怎么忽然就这样被春姑娘临幸
倏然间
在边疆已近十年
不知它独特的魅力
是否也能够让像我这样的更多人倾心
是啊，好一座在春天里不忘秋冬的乌鲁木齐

安静地活着

我想这样说
在新疆的得到是得到
失去是另一种得到

谁又能料想到
在新疆的美好是美好
困惑也是一种美好

我真切感受过
新疆的温暖真能让人感动
就连那里的寒冷也有暖人心的奇特

在新疆这神妙的地域
有太多的不可思议
有太多不是秘密的秘密

许多人抒写过有关于天山大漠

乌尔禾额尔齐斯河
还有很多很多

或许作者再不需要物质和肉体这层壳
都追随书中的灵魂去了
那些走了的人都以另一种方式安静地活着

收　获

亲临曲江
把大唐不夜城再次观摩

才发觉
西安年果真最中国

我看到不同肤色的人们
齐聚在这里喜迎着八方宾客
今天我们母女还是环保骑游者
十多公里骑行与一万五千多步的成绩

让人累并欢乐着
一种身心酣畅的富足感油然升起

想想和女儿在一起的日子
总会有着这样的一些受益或者那样的一些收获

第三辑　木棉花开

让书入你怀里

你来我梦里

我愿意寄身于清幽的日子里

为热爱而盛开

盛开的朵朵雪花儿
尽情飞舞吧

在属于自己的广阔时空
不迟疑不害怕

似翩然绮梦
和珍贵情感一起被热爱融化

高贵的卑微

洒一点儿玫瑰香水

把自己的心迷醉

假装无所谓

没有你的夜晚才高贵

明知爱是那么那么的卑微

织女情结

千遍万遍
那是无声的呼唤

蜜语本就香甜
直到七夕雨水将它浇灌

止不住的心心念念
在无数个这样的夜晚恣意蔓延

永恒的爱恋

揭开泛黄的书页
有些悲凉有些温暖
我常被这些曲曲折折的情感
困扰到辗转难眠
无关自虐
那种令人痛痒的感觉
确能刺激震颤到我的心弦
或许我的日子太过清浅
或许是我太贪婪
总是试图
借别处的浓重来填补这份缺憾
就这样一天一天
仿佛岁月能从指尖蔓延
无论最终是否会如我所愿
期待在某个春天
生发出值得回味的可以叫作永恒的爱恋

心甘情愿

日光遍洒在神州大地上
万物也都给予着它们的芬芳

我更不想例外
我愿意真诚去爱

去爱这世间的每一处苍茫
哪怕意中人永远不会来到我身旁

父　亲

父亲的寡言少语
让烙在他心底的印痕越发明晰
富有时代感的某种记忆
发散着挥抹不去的特有气息
被称之为情结的志趣
给衰退的身体摄入了活力剂
早早早早起
哪怕只能坐在轮椅里
也要去看看天安门广场飘扬的五星红旗
还有水晶棺里长眠的主席
……

母　亲

时光清浅而淡远
无声的给予
总是那么自然
孕育万物的大地啊
您可知晓
那个坚韧高贵的女子
最懂得辛勤哺育
她的美好同您一样
也都来自于世事磨砺
我的母亲啊
儿又要离您远去
只愿归来时
能用更加丰满的羽翼
护佑您漫步在悠悠夕阳里

之　间

来去之间

你我之间

天地之间

除了深情

除了浅淡

也总有一段

会被缤纷渲染

或者被空白布满

姻　缘

魔魅的姻缘
在多情的人世间奇迹般上演

起初的畅然无限
谁知后来尽是些抹不去的幽怨

曾经一次次咽下去的
只不过是酸楚痛惜的感觉

拥有过的美好时光
好像就是一瞬间

然而没有谁能够真正感同身受的
是此刻这炼狱般的思念

又有谁知道困顿的人中了什么蛊
为何时常感觉到惶惑孤独

我不知道
是不是应该对过往一一追溯

如若真是前世所欠
那么今生再苦都要将之还完

如果还有下一辈子
但愿不再为前世今生的种种受牵绊受牵连

三月风雨

你是三月的雨滋养大地
你是三月的风吹拂思絮
多少人像我
迷失在了三月的风里雨里
是否还有更甚者
落入某个美丽的漩涡
继而在别人的梦里或者心底将自己隐没

听风　看雨　想你

对青色草地私语
说声我愿意
愿意陪它在大森野里
哪怕就只这样
这样听着风　看着雨　想着你

木棉花开

有些爱
恰似木棉盛开

不知道我们之间
会不会例外

天色昏沉
雨却没有落下来

明知往事只能回味
虽不曾忘怀

岁岁年年
红色的木棉花如期绽开

痴傻的女子
只愿为风尘抚弄自己绿色的裙摆

我们的海

静默的日子
原来也不完全只是寂寞难耐
虽然梦中的知更鸟还在天空之上徘徊

思望记忆深处
那些不敢轻易再涉足的存在
好像会被更迭的春夏秋冬掩埋

守持执念的人啊
多少年来从不曾忘怀
那片炽热澎湃又难忘的海

执　妄

戒不掉的
还是胡思乱想

并不真实的欲望
在夜深人静的时候失了状

还有谁甘愿
一直住在心上人的梦乡

如此下去又能怎样
大不了清寂中多添一丝丝悲凉

遥远的往昔

你不来
我又怎舍得离开

念着盼着
入了太和虚境

前世寻觅换作今生等待
终化身为雪

一朵一朵
飞舞着快活着

于那么一瞬
仿佛才明白自心即爱

最遥远的并不是未来
而是回不去等不及的往昔

我是否早已错过了你

怎能再辜负这世间无二的真情

惋惜

多少故事都是从谈天论地
到争吵不息
再后来全部被沉默代替

谁也不知道问题出在了哪里
时间变得焦虑
好似要故意讨好各自的坏脾气

你不言我不语
是否都害怕
再为某一话题而生分歧

沉默不再说
谁是谁非
或者谁对谁错

从什么时候起

我们忘记了爱是一种给予
怎么竟盘踞在对方的领域恣意索取

谁又能告诉我
为什么情感的世界里
两个人太拥挤一个人太孤寂

还没理出头绪还没找到原因
就开始一步步走向疏离
难道这就是令人惋惜不已的结局

不强求也不挽留
关于你的一切的一切疑虑
今天以后我会绝口不提

只是真的对不起
青山绿水曾愿我们像它们那样长相依
如今却辜负了它的厚爱和期许

情人在何方

夜幕下的星光
将黯淡照亮

我梦中的情人啊
你在何方

这寂寞的滋味
愿不愿意都要各自舔尝

克制漫溢的情感
又怎会让思念之泉随意流淌

对着星空思望
谁也不必守在谁身旁

这么近那么远
我们又怎会是彼此想要的模样

直到某时某地
遇见高贵的你和真实的自己

来这清欢人间
也不算虚妄

魔　咒

一场雨过后
迎来了清浅的秋

早晚的凉意
仿佛要将你我的热情全部赶走

往事浓密
怎么幻成一条冰冷的河流

我像风中寸草
一边摇摆一边恪守

戒不掉的你
总在不经意间浮上心头

伤感与感伤
都怨我太念旧

也许是现实太苛求
也许是我不够温柔

永恒和你都像梦
终究逃不出爱的魔咒

留白

盯着远远的窗外
或者眼前的咖啡牛奶

可以思来想去
也可以放空一切

试图不去记忆的
却总是极容易想起的

奈何愈加清晰地印刻在脑海
于是开始依赖发呆

回顾这么久以来
我们之间发生了多少起意外

眷恋每一次存在
源自心门内外

如果某天我们会分开

那定是缘分送给生命珍贵的留白

寂　然

滂沱大雨之夜
风向我张开臂弯
僵硬的身姿好似欲褪去庄严

肃穆的感觉
像你我的布衣衫
到头来还是被绝情人丢在一边

敞开胸襟
隔阂里的缝隙
足以让骨气变得松软稀烂

我不知道
为什么缠绵之后
凉意总是如此热烈

太多的不解

在凝虑时不顾一切

你是否也情愿将情感投入到每一个深夜

今天若是每天

于是我便可能忘却其他所有时间

还好记忆从不曾拒绝

尽管流年缱绻

庆幸我们

依旧可以在轰轰烈烈中体悟真切的寂然

爱无际

别离是为了再相聚
晴天和雨季同样可期

本能的叹息与欢欣
皆是反映当时最真实的心境

情感中的厌或喜
无不需要呵护关心

微妙的感觉
看似对立亦相生相依

亲爱的你还有我
可曾由衷地去体谅怜惜

哪一种来去
才算不违天意

于云端之巅的一瞬间

忽冷忽热的心好像感受到了爱的无际

丁字路口

不曾强求

也没有半句挽留

就这样

我们迷失在了上一个路口

后来才发觉

原来都在朝着光亮的地方走

可是谁也没想到

再回首的转弯处根本不算什么路的尽头

爱于心

美好的一切都在你眼里
但愿也都深植于你心底

孩子　你要明白
过了此刻　甚至下一秒
这一切就都全成了回忆

孩子　我相信你已鼓起了勇气
同天地一起去美丽
微笑着迎接明天的洗礼

春去秋来更替
亦如我们的相聚别离
尊重并遵循这天经地义这自然不过的规律

幸福小烦恼

期待许久的今天总算到来了
对于见不得又离不得的姐弟俩而言
有什么比温补亲情更美好更重要

再次欢聚无疑是把
睡不着的兴奋
变成见面时欢乐的蹦跳

可相处的日子里
又怎么会少得了被哭被笑
被翻脸被胡闹填满塞饱

这期间哪路仙赋予了我神圣的职责
调解员与大法官
仿佛只能由我一肩挑

虽然都是心头肉掌中宝

但我清楚知晓

应秉持中正　不偏大不向小

由此联想到

岁月从不曾苍老

原来我们都情愿和时间赛跑

这世界给予了我们太多的美好

你是否感知并珍惜了

如此怎能让人不享受这偶尔的幸福小烦恼

勇　往

开花结果
在我们的预期之中
也总有一些在意料之外

对于偶然与必然
欣然接受
是的　没错儿　我心依旧

尽管路途蜿蜒
勇往在路上的我们
无不享惜这天赐的福缘和艰难

垂 涎

道不尽的诱惑
蜜到了你我

夏日缤纷
怎么戒得了如此美色

那就放肆一回
用素心去体味这蠢蠢欲动的时刻

风中的邂逅

狂风骤起
不知风里卷裹着多少秘密

也许它并没有泄密
但我还是感觉到了风中的窒息

风吹的时候
草木一心

幸好我邀约了自己
随即走进春光旖旎的花园里

任鲜艳将双眼占满
好似唯有如此

才不负这风中的邂逅
还有这一树满枝头的尽情和温柔

痴　迷

飘雪的那天
我顺着你的足迹
也随自己的心
到昨日幽梦里寻觅

花开的时候
春意在静谧中深许
尽管习惯了分离
怎么却还是走不出你怒放的生命

秦巴恋

我不会距你很远
你有你的庄重
我有我的威严

也不会离你太近
你眷恋缥缈的云烟
我喜欢头顶那一片青天

如果可以　就这样相守相恋
我做你眼底的秦岭
你做我心中的巴山

品　觉

活得体面
无非如是觉知

有关于爱和尊严的一切
尊重客观

如一的表里
是否会充斥着分裂与极端

珍惜善缘
不急着做真伪之辨

借上天一双慧眼
于此清透的现实面前

置身油菜花海
用心品觉这美丽春天的明艳

欲　壑

月亮爬上来的时候
多少精灵从睡梦中苏醒
开始酝酿它们独有的激情

没有人知道为什么
那些从来说不出口的言语
在这样凄迷的夜里竟显得格外动听

此刻顾不了那么多
谁叫夜色直勾人浪荡的魂魄
澎湃的心潮淹没了难当的羞愧与自责

思　乡

我们在这里
感受秋香
来时雨依旧难忘
尽管今晚的星星特别亮
可是忽然
异常想念千里以外的家乡
我想总有那么一天
我会拾起所有记忆陪它地老天荒

压抑的情感

假装没有丝毫怨言
假装幸福很简单

只要你喜欢
谁不会自我欺瞒

抑制真情实感
又怎敢将现实的箩筐掀翻

只管无条件地退让
好似宣泄会坠入罪恶的深渊

如此亲近下去
日子的丰满和骨感还有什么质的区别

撩拨欲望

忽然想和往常不一样
穿露骨的衣裳
化明艳的浓妆
就这样
一个人去田野里游荡

秋风清凉
花草略微泛黄
不禁惹人再思量
我在你心上
怎么却撩拨起了别人的欲望

根植爱

过了这么久
我还是无法忘记过去

我不否认我依旧会想你
但我不会告诉你我有多想你

我想知道此刻你在哪儿
又不想知道你在哪儿

我怕我会不由自己
我怕我会奔你而去

在我心中
已经无数遍地告诫过自己

爱人的心应该埋在泥土里
爱人的心最好根植于大地

雨和你

所到之处
若是遇不见你
那就让我遇见雨
前几日在北京
没有遇见你
但遇见了洋洋洒洒的雨
只是雨后的劲风
太过冷清

我爱雨
喜欢雨里的哀愁
还有淡淡的忧
是的　我享受那种微微的伤感
雨泣诉着　你沉默着
我　不知所措
向空中抛洒一把白砂糖
希望雨的心里不再苦

不知此举是否能把它的孤寂变甜蜜

对不起　雨　我也无能为力
只能如此抒发着思絮
但我也是真的爱你
下雨的时候
我愿意瑟瑟在雨中
就像偎依在恋人的怀里
哪怕那时的恋人即将离我而去
我恋你就像念他
明知他终究是会走的
雨　迟早也是会停的

实话实说

亲爱的
莫要责怪我

又要不辞而别了
各自珍重

不管走到哪里
还是会想念大家的

无论如何
请允许我说一声谢谢

谢谢亲们挑剔性地宠着我
谢谢我们既争辩又冷战地相爱着

鹿城那点事儿

辗转反侧
不知道后来是怎么睡着的

最怕缘分褪去情却未尽
不舍的心安放于何处为好呢

知道你不在这座城市
风起的日子你没有告辞

我来了
你还是不在

你不知道我是特意来的
我也没说

那就这样吧
对于我来说

静思已过
或许是对往日的最佳疗愈方式了

终于我也还是要走的
留恋这临别的夜晚

门敞开着灯也没关
万一你会来梦里找我

但愿一束光
能照亮你来时的路

敞开门
你便不用敲门

可惜天很快就亮了
到了该走的时候

美丽的过去竟像一片浮云
亦将随风

窗外是明媚的春阳
将我这个庸人照得通亮

风里的梦

有些事情
真的很奇妙
像风里的梦

也有许多遇见
貌似无端
但我相信那是早已注定的因缘

看花开花又落
顺应又尽情的自然属性
还有什么值得我们再去辜负呢

在俯仰之间忽然发觉
瞬息万变的光与影
闪烁出了最美的自己和哪怕短暂的永恒

它的珍贵不也是在夹缝中栩栩而生

就连它抚触过的绿叶与花朵
也并未贪着一季香色

是啊　请允许我说一说就像允许我寡言沉默
万物与生活以及你我
都需要彼此的爱与感恩

如此　微微一笑　对待五味生活
不添加杂尘太多
我想有爱且懂得给予爱的每一天用心过就足够了

分手快乐

我的感觉随境流转
眼前的一切
仿佛曾经上演过

可这些
好像并不影响
你决绝地做出选择

对于你们的事我有点儿错愕
但没有感到意外
也许你们的缘分注定好了迟早要分开

雨丝凄迷的时候
你执意带走了有关于你的所有
我也没有一句话挽留

两个人的事最难评定是非对错

我试着理解并尊重
那些不为我知的苦与乐

你们俩的事
我也不好多掺和
只希望各自继续珍爱各自的生活

忽然觉得你挺勇敢
只是我不知道
这个寒冷的冬天你们都还将承受些什么

独　行

我走了
还是一个人走了

没带走什么
什么也带不走

留下一座空城给你
留一踽踽独行的背影

亲爱的
请谅解这令人伤怀的不得已

不管明天人潮如何拥挤
相信一定会遇见更好的你还有我自己

恋麦田爱村庄

麦苗儿茁壮
给人一种说不出的希望

微风拂过脸庞
心情瞬时跟着舒畅

照耀黄土地的那个太阳
依旧散发着万丈光芒

不知它对面的月亮
如今是否也像它一样无忧晴朗

点点滴滴于这个小村庄
可以还原最初的向往

清明节前
任由思絮飞扬

禁不住要去细细回想

我喜欢就这样漫步在乡间的小路上

第四辑　眼睫上的孔雀

不争不惧

做美好的自己

小愿望

这世界绚烂多样
足以充盈我探索的目光

戊戌年伊始
新春已赐我力量

静默中许了个小愿望
请允许我带着我的梦一起飞翔

雕刻时光

我不是悲情主义者
但我好像真的感受到了
对于爱　永恒
我将倾其一生渴望并追求

得上苍疼惜怜悯
那些被苦难雕刻出来的
不但没有腐朽时光
反倒在记忆深处铭刻潜藏

陷于其中
半疯半傻半癫狂的心
也该归于自然平静
聆听大音意趣　体味爱的光芒

被碾碎的光阴

不知为什么
总愿意把自己交给
交给酸辣的往昔

从不曾想过澄清
莫非自身弥漫的是
哪种不该沾染的香息

如此祭奠
我的玻璃宝瓶里还是装了大半
被生活点滴碾碎的光阴

卑微的存在

仿佛只有借着夜色
我才释怀才能释放我的精彩

不去理会情非得已
还有什么好无奈

你我谁不在红尘徘徊
谁不是卑微的存在

自知自性若清净
诸法无去来

如此下去
又怎会不自在不悠哉

我与明月

明月好像和我一样
都把自己给了最深的夜晚

明月不管狂风是否肆虐
而我不顾阴晴哪怕圆缺

就这样寂静地
在寂静中期待着属于我们的春天

幽谷情

烟雨蒙蒙的深山中
浓雾涂层

醉眼感觉幽谷
愈显得寂静空灵

我不是隐士
也没有值得炫耀的功名

以至于好像因此而不贪生
怎知活着的心却痴迷这里的草木青青

青是不热烈的温度
且透有一丝凉意

不苦不甜
微微泛酸

其味自然而又致远
像生命和情感

我不是智者
只因执念颇深

无悔之人
也该无怨红尘

情深缘浅的冷暖
谁能给出完满的答案

欲问寒夜
还有长居于此的老道仙

想必他定知道什么是冰
他理解什么是冷

当我们走过这一程
是否会如梦初醒

一不留神还会禁不住
再次被无关薄厚的真情打动

明　了

我不怕天黑
它会带我自由飞
可是它的灰
却总能戳中我软肋
伤悲将梦的星辰无情粉碎
心开始下坠
不知道什么时候
会崩溃
亲爱的你　不用想着把我安慰
我还挺着腰直着背
走过这一山跨过那一水
未来的某一天
不再拖累不再怪罪任何一个谁

眼睫上的孔雀

一缕阳光洒上眉眼
睡梦中感觉到了光束的温暖

轻缓睁眼的瞬间
分明看到了开屏着的孔雀

那美艳
何止蓝绿黄红的斑斓

一闪一闪
如金丝线般细细密密的排列

我不忍睁眼也不忍闭眼
怕只怕多情的孔雀会消失不见

持盾握矛

临近不惑的年纪还天真
把旧情看得很重要
把万事想得太美好

也许这次你已考虑周到
而我竟这般不知歹好
总是庸人自扰

对待分歧和异议
失了度的决意
多少让人和自己过不去

什么时候善于谈放弃
好似不怕日后急需
能治痛断肠的那包后悔药

天知道谁明了

贫瘠的人不是没有珍宝
为何面对逆境会习惯性脱逃

信念若坚定
岂能遇上点儿风雨就动摇
爱在你眼里难道是株墙头草

忽然间觉得自己什么都不再需要
这次或许真的不同
我准备好了一手持盾一手握矛

用心良苦

老天是否经过再三思考
才决意给我一份
他认为的优厚酬劳
如此用心良苦
是否值得我庆幸或骄傲
也许他不曾察觉
我心中的五味瓶早已
被重重推倒
我的世界起了风
吹得眼底的雨开始漫溢
回想彼时
真不知再说些什么
是该哭还是该笑
顷刻间发觉
我在他面前依旧是这样赤条条

欣 然

女子心绵软
总忍不住喜欢赞叹
无论对阳光　空气　水　还是爱恋

我想没有什么可以阻挡
细密的思念随时间蔓延
温柔的情愫在血管里流淌

于是不管天边再吹什么风
空中再飘什么雨或雪
都要欣然接受这天赐的浪漫和洗练

知止者

生命匆匆
于娑婆世界
谁不是这样来了又去呢

爱过　怨过　对了　错了
总有那么一天
永恒会定格在属于我的那一刻

迟早到来的那一天
其实也没什么好怕的
不是么

只是现在
我还得尽自己未尽完的责
使命不许我如此轻率地做出痛快举措

渴　望

紧裹着的那份思念
在这个夜里漫溢出了心房

忽然不知为什么
一阵莫名惆怅

是渗透已久的伤感与香
在今晚的习习凉风中恣意飘荡

又或者是
我心芬芳挡不住我心徜徉

默数从前

凉爽的夜晚
忍不住将往事叨念
美好的回忆一篇一篇
我和微风和星月
开始在不知不觉中默数从前

幡然

忽然有种神奇的力量
它推倒了囚禁自由的那道墙
它让我信马由缰

它说抹不去的过往
越是困苦
越是有可能通往最美的天堂

那些年
我们错把欲望当欣赏
也曾用道德将彼此捆绑

对于现实的苍凉
我想我不会再去闪躲
也不会让自己太过悲伤

就这样

微笑着勇往

不负沿途悦目润心的好风光

注　定

看着叶子上不断坠落的雨滴
竟有种说不出的委屈
可我忍住了眼泪
没有哭泣
也许是因飓风骤停
交瘁的内心已酸软无力
但悲伤还是涌上心头
难以自抑
我清楚地知道
许多事情怨不得天尤不得人
酿造怎样的结局
在它悲欣曲直的事实里早已注定

许多我

我把幽怨留给了自己
善感展露于夜
多情的一面
大都寄予了春天
它是否看穿我的羞怯
我该用什么遮掩潜藏得肆无忌惮

春天眼看就要被过完
可我还没有赴约
上个冬天就说好了的春天见
一天天地被拖延
好似被美丽的谎言欺骗
春天明明是善意的
为什么悲戚感还是难免
比如我　也在春天里被什么牵连

有些事就是拿不起

有些人偏偏放不下

总有朋友会这样问我们

许久不见　都好吗

我却只想让他看到我永远的笑颜如花

枯　坐

有谁愿意和我一起
融入这悲欣交集的生活

难逃浓雾重霾围获
到底谁会在乎你我的抉择

瞬间的无忧无虑
可能是我在享受至极的困惑

不去苦寻生死由因
仙逝的过往留下了多少可追忆的踪迹

抛却冥想思过
痴傻的人儿只剩枯坐

俯仰天地间

没有人知道
就在冷气流来袭的前一晚
我为什么会俯身亲吻
那沾满水的青石板

或许因为那里
映着我羞于仰首凝望的天
我不确定自己是否做错了什么
但总觉得充满亏欠

对天对地或者对你也对自己
雪花飞舞的时候
跃动的心已全然说不清
此刻诚望那日隐身的月多体恤谅解

记忆的痕迹

我将冰冷的身体漾在温情里
总觉得自己那些
美好不美好的记忆
和水蒸气一样
迟早都会消散了去
在这期间
我又该如何赋予它们什么特别的意义

销　魂

夜色多么美
听耳畔的玄武湖水
缓缓流过心扉
思忆西域那些人
今夜陪着雪花儿一起睡
那种炽热的青春
最销魂
我在梧桐树的怀抱里
也已经感觉到了那份令人沉醉的真和深

我

酸甜苦辣灌醉了我
悲欢离合祭奠着我的沉默

哪怕终将成为被遗忘的过客
至少也曾像雪花飘落

给予冬最美的颜色
装饰过岁月那首老歌

汇入历史长河
我还要再做一次我

拥抱这爱恨交织的生活
用心凝结成诗的魂魄

独一无二的相遇

我让大半个自己
游弋在悸动的感觉里

于天然放任中把持自律
又有什么不可以

那些年已然成为过去
阳光风雨闪电一般瞬息

我相信或深或浅的足迹
总会留下浓淡相宜的记忆

不必刻意剔去残次
再见依旧是你我独一无二的相遇

恩　宠

花火点亮夜空
它要去拥吻它的梦

星月好似看懂
故多了几分朦胧

它在燃烧升腾
我又怎好辜负这天赐的恩宠

随　风

多彩人生
我恋暖意融融

无论阴晴
就当它是迷人的万花筒

随风或天南或海北
都将是我心中最美妙的旅行

痴　望

浮生不停转
傲慢与偏见就没完

虚空的这一切
将皮肉筋骨推搡

看似奋勇
匍匐的生命向往极乐

牵挂的人怎么样了
痴痴地望着

笑着下地狱哭着上天堂
哪一个才是我超脱的真实模样

犯　错

包头太冷
不过想想你
感觉上就有点儿暖和气儿了
可是现在呢
我都做了些什么
在你面前的偶然犯错
却错得连自己都不能饶恕自己了
怎么就像激情犯罪一样让人悔恨难过

傀　儡

等到人静了
我才愿意敞开心扉

面对爱与被爱的伪和真
任由他们在有我的世界里相互切磋

他们贪婪如我
一边醉着一边感觉寂寞

月亮先生是知道的
漫天的星星也是一团团熊熊的火

可以燃烧所有我
还可以使我和他们的过错化为焚烬

黑夜之前我不想多说
我怕白昼会难过

我问过风儿我该怎么做
难道我只做我思想的傀儡不好么

裸泳于爱河

亮马河啊亮马河
您能否告诉我
究竟有多少过客从这里趟过

您是否还牵挂着
是否如我
喜欢静观平静的午后浪波

来往的人带走了混沌么
为何您能依旧澄澈
您是否也会涤荡自我

感念那些令人伤怀的形与色
管不了窗外的风声
由它将整个黑夜撕破

尘埃怎会无处可躲

我愿意将它迎进我温暖的被窝
相拥而眠不错再或者让它枕着我

灵巧柔弱的它
萦绕入梦也不肯说
实则是它怜惜着落入冬天的我

刺骨冰冷有什么好可怕的
我不知道在爱的河流里
除了倔强的我还有谁会愿意选择裸泳呢

真切感怀着

初春的一早
没有什么波澜壮阔
一切本该都是平和的
而我却忽然
陷入了一个深不可测的漩涡
思想起这一路的起起落落
其实那些也都没有什么可以令人忧虑的
过去的过不去的总会成为过去的
让我感觉寒冷的
不是经历过的风雨坎坷
不是路途上遇到的艰辛颠簸
对于活生生的人来说
这般活着就已说明
天公对我们还是多了几分偏爱的
我不敢忘了这个
直到长成如今的我
对这种深刻斗胆有半点儿的轻视或淡漠
那该会是怎样的一种轻飘与浅薄

害怕不害怕

不知从何时起
置身于黑漆漆的长夜
再也没有了害怕的感觉

不害怕夜有多漆黑
不害怕夜有多漫长
或许这也是某种所谓的成长

可是你知道吗
这种不怕夜黑不怕夜长的感觉
忽然让自己感觉到了说不出的恐慌和紧张

五光十色

辗转反侧的那一刻
床与梦　谁更受折磨

思絮浪荡过　神魂恣游穿梭
哪一个不是真的我

至于枕边事　除了黑白灰
还有多少种需借春光涂抹

我的世界能被生活惹得大雨滂沱
我也能把无酒无肉的生活过得五光十色

情深缘浅

飘雪的夜
仿若穿越千年到长安
诗情画意好不浪漫

遇见梦中人
不论情深缘浅
一根情丝留他做纪念

我有自己的欢欣和羞怯
从发根到发端
都在领略不可名状的温暖

骆驼和我

我是行走在沙漠上的骆驼
任凭长路漫漫充满干涸

我从不觉得有多寂寞
我是那么的自我

火辣辣的太阳也都追随着我
何况天上的云朵

我是个饿汉
但谁不知道我最耐饥渴

承受相当的负荷
心甘情愿地穿越这热情似火的茫茫大漠

它是他

天上有流星坠落
它轮回于历史长河

它要下凡到人间细尝众生苦乐
生母这个角色恰好让我来做

如此关系
任凭怎么爱都不论少或多

浅浅时光总被匆匆雕刻
三界也各有选择

我还不知怎么得解脱
它已随飞舞的雪花儿绽放了

它想再做一次岁月的过客
还是在冥冥中早已承载了哪位神明的什么重托

流　浪

抛却尘世忧伤
背上扛得动的梦想

不管谁愿意与狐朋结党
我只想和知心人做伴

如果前路真的苍茫
我想我可能

会去任何一个远方流浪
或者继续在七秒记忆中游荡

第五辑　古韵新风

青青麦田，根于泥丸，寒风吹不散

悠悠思恋，植于心苑，冬雨剪不断

秦　岭

峰峦大秦岭，
实乃真秘境。
纵然层叠嶂，
山水气闲凝。

意 境

昂首赏苍穹，
希望意正浓。
形色于满目，
万般空不同。

浓情厚爱

薄酒斟满杯，
浓情惹人醉。
君来烹热茶，
厚爱暖心扉。

静　寂

淡然隐深意，
多助者寡欲。
正行拓大道，
不语言自立。

春 宵

成双度春宵，
各自享秋潮。
情丝千万缕，
何来空寂寥。

芳　魂

因何泪低垂，
莫问林间人。
愿化身寸草，
昂首笑风尘。

雾中雨

山城有神女，
情迷巫梦里。
除却禅茶味，
还恋雾中雨。

咏　叹

三世轮回期，
芳菲谁记忆。
问及不二物，
格桑最怜惜。

丝路起点之风华

古都边上花，
八水绕城下。
蔷薇不言语，
浅唱百姓家。

辗　转

昨日二里半，
此时三清山。
碧波荡无痕，
满目漾翠鲜。

思　恋

鸟鸣百花开，
凤舞千里外。
边塞云似雪，
关内雨如烟。

迷　惘

时不待我苍，
空留君凝望。
敢问天山雪，
情与路谁长？

不 染

精神当藻雪，
教养非礼贤。
五藏常疏瀹，
腹内生清莲。

盼

燕雀东南去，
空留人思忆。
待到来年春，
无处不欢聚。

挂　碍

欲求心门外，
方才少挂碍。
莫问福何在？
德高人安泰。

清　淡

粉黛需轻施，
娥眉宜淡扫。
诗书清志趣，
灵肉浅含笑。

种　植

用爱做土壤，
种几分沧桑。
真情植于地，
苦处亦芬芳。

安

半夏心胸敞，
三更飔风凉。
灵肉若久安，
龟龄又何妨。

弘　修

三教需外弘，
九流宜内修。
若搅千江水，
勿扰道心犹。

迟　暮

残年剩余温，
空留夜色深。
寂寥巫山事，
修得菩提根。

贵妃祭

一

太真三十八，
香魂君羽化。
爱恨凭谁收，
转身成菩萨。

二

香伴明皇侧，
玉陨马嵬坡。
梦回大唐爱，
空留长恨歌。

辞　别

去时风雨寒，
归来静心绵。
要知其中意，
还得问华严。

无　住

面向未来人，
致敬过去事。
纵有千万别，
无住心诚挚。

旧　址

经年遗古墓，
深山存老屋。
赴死临终归，
伴君向往处。

羌族掠影

掩面通神灵，
无字画魂情。
虔意敬释比，
乐天集大成。

民惟邦本

为官知清浊，
百姓论功过。
身心亲近民，
何来噩梦做。

思　量

不忍细思量，
幽怨知心殇；
谁料再思量，
顿时觉难忘；
岂能又思量，
浊眼见空茫；
如今不思量，
清泪垂两行。

秘 境

阿弥陀佛声，
引我入山中。
山中无来客，
草木皆主公。
主公本不同，
只缘此意中。
此意似清泉，
觅得孤芳踪。

致　知

岁岁年年易蹉跎，
厚德益于种福泽。
年年岁岁不可说，
格物求知获安和。

相思债

素心若置红尘外，
怎能又把相思害。
可怜悲欣尝不尽，
如何还清轮回债？

尚

无惧天地尘世嚣，
汝有碧水青莲陶。
谁人不知荷高洁，
慧心溢美香自飘。

道可道

扶摇直上非曼妙，
使尽谋略未必娇。
平步青云观自在，
顶礼和尚行其道。

思 望

人在青山绿水旁，
心往蓝天白云上。
静逸之处了思望，
爱驻自然最中央。

慰　藉

新书页面微泛黄，
旧事重提费思量。
枕边诗行言情志，
梦里春光洒满床。

镇　巴

泾洋穿城静缓淌，
谁人不识此苗乡。
除却水瘦青山壮，
最是情久意绵长。

诗意长安

自编竹篮纳春光，
绿意盎然吐芬芳。
披霜盖露长安夜，
腹内滋味似含香。

恋长安

古城新月莫疑猜，
迎春花儿次第开。
往日几多究竟事，
幽梦一帘扮妆台。

乡里乡外

阔别家乡十三载，
大梦初醒才抒怀。
如今倒是频往返，
随吾心爱无去来。

无　痕

冷风伴冬吹深邃，
雪花翩翩使劲飞。
决绝之美味悲怆，
喜新念旧迹无痕。

幽　怨

若非八艳凌波迎，
忖度良孽又怎能。
不怪王郎寻她去，
只怨奴家动了情。

草原情

流金岁月云飘飞，
碧空如洗天做媒。
情深缘浅随它去，
草原依恋于多伦。

风吹沙

莫疑世人听错话，
误把微尘当粉擦。
悦心最是自然美，
沉浮当下都随它。

中元忆

满月高悬正中元，
沈河水岸忆圣贤。
灯影交辉反观照，
流光溢彩念青莲。

道

佛光无量好普照，
天下地上皆光耀。
众生微喜平等觉，
乾坤动移乐其道。

顺　遂

这花盛开那花衰，
夏雨细密随风来。
千山万水觅知音，
落樱缤纷汉江怀。

嬗变记

乌曹作博一出戏，
阴阳斥吸八卦极。
心怀绝艺于九天，
枯荣成败两相宜。

天上人间

饥食流云渴饮泉，
醉卧山庄于真元。
觅得知音琴一曲，
老者驻龄似童颜。

文旅者

明月皎皎夜晕染，
丹江潺潺汇彼岸。
喜雨拂晓才滴落，
崇文深深不觉晚。

固　本

百花千姿仪态美，
世事芳菲野草味。
嗟叹虚实奈几何，
行吟万里需固本。

嬉　戏

龙抬头来凤垂首，
狂风席卷大浪走。
自游嬉戏于浅处，
不问深海暗礁稠。

萧　红

流落始于呼兰河，
调笔弄墨文不舍。
几多殇情奇女子，
劳苦心神天命薄。

归去来兮

求田问舍春风拂，
独步远涉填欲壑。
绿叶凋落莫哀愁，
归去来兮黄鹂歌。

寻净土

风雨无期随意游，
寸心自会宅仁守。
漫天飞花又沾地，
净土能否掩悲秋。

养　生

扶正固本莫犯难，
冬病夏治针灸先。
警惕夜晚贼暗算，
驱除病痛散邪寒。

半姻缘

幼夜尤喜梳镜前，
圆月预言半姻缘。
谁知偶然应谶语，
君而立时吾笄年。

般若世界

伊人挽袖歌即奏，
风雨飘摇不言愁。
晚秋颐园茶如酒，
叶落无声处处悠。

警　告

嗜酒君子须浅酌，
尽管深夜寒凉多。
莫借无礼求其次，
休怪悠容失谦和。

五月五

一

滚滚汨罗伍员辙，
千年附丽为几何。
壮志难酬弃俗苦，
怀瑾握瑜屈平歌。

二

五月五日抚哭客，
风雨飘摇远巢窝。
乌鹊忠贤近幽兰，
期愿疾世复康乐。

祈　愿

不忍嗔怨庚子年，
潜入观音菩萨殿。
无悔岁月待娘亲，
抄录经文保平安。
何惧生来皆有憾，
皈依佛门忌欲念。
追风儿女随三宝，
兰心悦动亦庄严。

鸣蝉恋

浮世情缘常轮转，
信步偶尔舞凌乱。
歌中几许表哀婉，
几分悲壮述咏叹。
傲娇呈现多绚烂，
疑似与秋相欢恋。
蛰伏忠于皈涅槃，
谁解心弦共鸣蝉？

祭

生死难预料，
偏逢乌鸦叫。
惊闻大悲已甩手，
岁末易逍遥。

无　题

听短笛牧歌，
看风烟长河。
不知谁人会来做？
当代东方朔。

往事如烟

春之心视野，
纵观无冰雪。
容许吾辈小思絮，
怀恋云烟远。

山水之恋

山水相隔开，
源于真情在。
不知何日与君绝？
成全天下爱。

相思瘦

春光心头扣，
夜月明如昼。
莫怪满天星，
取暖怀中嗅。
几度为欢未了情，
顷刻全消瘦。

昨日相守

落日云霞，
恰似一丈瑰釉。
挂在树枝头，
平添几分娇与柔。
论珍稀风姿，
最数恋人相约黄昏后。
只惜时光不停留，
难回首。

会其意

愁不尽别离，
喜不过萍聚。
悲欣交集问鸲鹆，
可知吾意？
它知趣，
不语，
只顾唏嘘唏嘘。

简

无关绫罗绸缎，欢喜素食餐。
不怕红颜将迟暮，何惧君来晚？
旧情人赠情物，愿为一发簪。
妾有新忧思，怨旧日太丰满。
如今怎么又瘦了，奴家这身不起眼不寒碜的布衣衫。

边陲寄望之离殇

石榴红，菊花黄，学子已别追梦娘；
空思想，忽抱恙，热心之上添冰霜，不觉微微凉；
风歌唱，雨飘荡，天地壮美，
只是痴人逢重阳，免不了忧伤。
明知为长成，做栋梁，何苦惆怅？

夜　幕

纵是好姻缘，亦如林中迷雾，难理梳。

貌似明月盼人孤，恐相思，怎捱得过朝暮。

更凄凉，生一寒炉，火星照也无。

爱恨悠悠

深宵寒冷，又遇淅沥沥小雨下不停。
掩心痛，装傻充愣卖萌。
悲欢参半，进退间，皆于姑苏城。
欲问远去之事，伊人不在，可安宁？
不曾辞别，犹恐失姿态，泪纵横。
到头来，当真只顾白日梦。
爱恨空悠悠，无准绳？

归　去

人归去，情丝系不住；
踏上西域漠路，茫茫无止处。
乌孙地，长安雨落入；
夜半冷语轻抒，热心不顾淫妒。

秋 思

人痴痴，雨落湿，孟秋之风拂瘦枝；
青黄草，稀疏柳，可怜花事几多稠；
评雅致，论风姿，笑笑生书明奇实；
报恩酬，不相守，与谁共度春与秋？

忆秦娥·深秋

叹四季，
来往无忧晚风急。
晚风急，
惊扰清梦，
日夜思虑。

可惜转瞬深秋去，
初冬寒意欲更替。
欲更替，
时过境迁，
安泰天地。